叶辉／著

遗址

叶辉 诗集

长江出版传媒 长江文艺出版社

第一辑

远　观 /3

月　亮 /5

木偶的比喻 /7

高速列车 /8

新　闻 /11

上午突然变得喧闹 /14

划　船 /16

笑　声 /17

夜上海 /18

临　安 /20

在暗处 /22

异　地 /24

平　衡 /26

卷角书 /27

灵　魂 /29

礼　物 /30

闪　电 /31

留　影 /32

在寺院 /34

遗　址 /35

拆　字 /38

邻　居 /40

隐　秘 /42

回忆：1972 年 /44

在展厅 /46

谬　误 / 49

候车室 /50

蚕　丝 /52

幸福总是在傍晚到来 /53

人们面对镜头时的表情 /55

浮　现 /56

野鸭与白鹭 /60

大英博物馆的中国佛像 /61

大　地 /64

高速公路 /65

注　视 /66

第
二
辑

驿　站 / 71

儿　童 /72

县　令 /73

流星事件 /75

青　蛙 /76

绣　楼 /78

鳗 /81

先　生 /84

一行字 /86

墓　地 /87

房　子 /89

女　巫 /91

第
一
辑

远　观

从远处，寺院的屋顶
仿佛浮现在古代的暮霭中，钟声似有似无

溪水，仍然有着
修行人清冽的气息

农舍稍稍大了点
土豆仍像尚未穿孔的念珠

这一切都没有改变

除了不久前，灌木丛中，一只鸟翅膀上的血
滴在树叶上

夜里，仓库中的狗对着自己的
回声吠叫。因为恐惧

一个婴儿死于出生，另一些人在灾难中
获救

大雾看起来像是预言
涌入了城市。当它们散去后

没有独角兽和刀剑
只有真理被揭示后的虚空

月　亮

房子的阴影中
站着一个人，猫坐在门洞深处

苔藓、刺槐树
沉浸于古远的静谧

冬夜
中国庭院中，一座空空的凉亭
这些都仿佛获得了永恒

永恒，就是衰老
就是淬火后的，灰暗、冰冷

当夜晚的恐惧
变成了白日的羞愧

三个弱智儿童并排坐在窗下

仰起他们梦幻般的脸

仿佛三个天使
被囚禁在苍白、微弱的光里

木偶的比喻

木偶，或许就是
对人的暗示，只是我们看不到
那根线，比蛛丝透明

我照常行走，但有些人
已经倒下，他身后的人走了神
松开了手

父亲躺下几个月后离世
不知什么缘故，院子中的桂花
却开得更盛

几个放风筝的小孩
在对面楼顶嬉闹，天空很蓝
云朵像蚕丝

高速列车

也许是

十九世纪，冬夜的傍晚

乘坐火车去巴黎

裘皮大衣、帽子

小巧的拎包，车厢内

磨得发亮的木板墙

一张脸，从玻璃上返照

那消失的一切

如果我们离开地面

会获得快感

街道湿润

门铃。新近的传闻都在

证实世界的变化

化学品的香气弥漫在

桉树叶间

黑色灵车在天亮前

悄悄运走死者

死是一种羞辱，但有时

是一种谦卑，像旧照片里

窗口的一张张面孔

永远停留在

隐匿的轨道和田野中

只有一棵孤单的树

在自我制氧

锈蚀的铁轨和

煤烟，仍然要穿过

接合部。拐弯处的弧度

会给沉思带来愉悦

也许我们能及时醒来

并且小跑着下车，或者

继续沉睡，让列车

带着我们穿越薄暮，穿越

终点站。以及之后天生的荒芜

和真正的黑暗

新　闻

我开车，听新闻

离开了城市，田野在路边铺开

野鸡突然笨拙地从

干涸的水渠里飞起，像村上浪荡的少妇

收音机里柔和的语调

灾难、凶杀

和昨天没有区别

河流在远处，如一把剃刀

政治家站上

新材料做成的讲坛时

我经过了

危险的 25 公里处

在那里，我的几个朋友

曾在深夜的暴雨中，等着救援

流行音乐的间隙中

几名儿童已度过危险期，但其他地方

火势仍然旺盛

夜幕伴着

亮着灯的窗口到来

没有名字的小集镇，一如既往的生活

旧房子阁楼上的

壁虎关注着蜘蛛网

我，一个平凡生活的爱好者

一个喜欢真实蜂蜜的人

快速冲下山坡。在低谷地带缓慢行驶

一如在思想快乐的晦暗之处

声音渐渐变得含混

如同闪电和呼啸汇集的嗡嗡声

像另一种语言，古代或来自中东

这声音让我想起

车灯前曾闪现过的一张脸，在烈火之外的暗处

扎着头巾，或许不是头巾

而是裹在脸上的一块腐烂的布

在夜晚的黑幕前

这张脸，我在哪见到，在什么地方

我按响了喇叭

上午突然变得喧闹

一群鸟
在对岸飞翔，仿佛在另外的世界

树木，摇晃在自己暗淡的光中
古老的房子正在隐去

只有我明白
其实它们是在不同的时刻、年代里

街道陌生，迎面而来的脸
像一张张树叶
从某个永远看不到的大院中飘来

有人站在深巷中的一道门前
门还未打开

桌前坐着一个男童

从一本摊开的图画本，转过来他苍白的脸

他已死去多年

上午突然变得喧闹

划 船

当我捡起东西时
我看到桌子下面父亲临终的样子
或者向一边侧过身
看到他的脸，在暗处，在阴影中
这阴影是时刻转变
带来的灰烬。因此，我必须有一个合适的姿势
才能静观眼前，犹如在湖上
划船，双臂摆动
夕阳的光像白色的羽毛
慢慢沉入水中，我们又从那里
划到不断到来的记忆中
波浪，展现了它的阴阳两面

笑 声

要知道，如今做成雕像的人
在更古老的年代可能会制成木乃伊

要知道，不仅仅是灰雀、鸥鹚
在风中还有血液气味，尘土也能飞翔

夜晚一只猫反复打量着
有疑问的世界，然后消失在柱石深处

智者不再大笑，他们头上的光环
此刻正变成爆裂前飞溅的思想火花

夜上海

仿佛被一根缆绳

牵扯着，公共汽车、电梯

木质公寓都在晃动

一个门房在楼梯下的椅子上

瞌睡，摊开的画报上方

电灯昏暗，也许不会再有人回来

在靠近苏州河边

成排的小船已经睡下了

只有仓库边的鬼魂在出没，鸦片的气味

比洋油更浓烈，雪茄

飘散出雪花膏气息，一个喷嚏回荡在

小巷深处，门打开，窗子关闭

调频的声音

依然听上去非常诡秘，在阁楼上

然而夜晚是崭新的，仿佛刚刚擦拭过的

小号，永远指向天花板的深处

暗淡的面颊渐渐明亮

咖啡在杯中散开涟漪

桌子在摇晃，还有床、鞋子、地板上的

一枚锃亮零钱

声音不会死去，它们存放在

胶木唱片那样的地方。而沉默的声音

会消失，一个

陕西商人，拎着沉重的皮箱

走在充满水汽的街道上

战争已近，上海更远了

像一艘白天还停泊在码头的

外国游轮。在灾难前逃离

它将越来越远

在不死的歌声和海上紫色的闪电中

临 安

西市上有人用玻璃

骗取金子，用胡椒换来

宅子和美人。巷子里到处都是

安神香的气息。铜镜

照着的那张脸

恍如前世。你在房子里穿行

地宫一般，如果不是偶尔看到

天井里的光亮。那里每个人

都是浮雕，来自墙壁深处

这是个隐匿的城市，它的真身

远在北方：关于洞开的城门

关于纸灰、寒冷的风

由僧侣和几个洋人传来

再陷入记忆的灰暗

湖水仍然清绿，每天流向

太子湾一带自我更新。有人透过窗口

观察云朵，获悉命运

从湖石的孔洞看到

前朝的阴影，在后院？香水的气味

有如迷药。这里的门户

都向着西南，地图上的北方

只剩下粗略的几道划痕，几根丝线

牵着花船娘子的手腕

还有沿街的飞檐、车骑，倒影在水里

晃动，变形，有如飘浮在云间

更像一个驿站，名字：虚幻的暗示

但会给每个清晨些许安慰

到了傍晚，焰火有时在北山升起

在草树掩隐的断崖上

隔着一道道纱帘

绚烂，冰冷

在暗处

树木整夜站在露水中
草地潮湿，或许正在交换它们的种子
而灯光如一道符咒，中止并取消
地下的秘密交易

在可见的边缘
蹲着一只青蛙，正分泌出黏液
人的脸会在玻璃后面出现
身体陷入黑暗，那是未知的
地平线后面，半个世界滚落进海洋

它们终究摆脱了我们，只有
船依然笔直地航行，被暗处的
马达推动着。为什么驱动我们的一切
都来自地下、暗舱和沉重的黑色丝绒

仿佛中世纪女巫的长裙

也许内衬艳如晨曦，在古代希腊或英格兰
石板路上走来一个中国人，也可能
只是长得相像。而如果你有喜悦
身体内就会出现一道闪电

异 地

只是玻璃、云层
一些细雨，仅有的记忆
挡着我。空气有着
审判的意味。陌生的脸
仿佛是影像，罪犯
自己走向监狱，一个
相反的城市，火车
永远倒走，而且越来越快
漫长的谈判，正在进行
不知为了什么，或者
只是因为气候
细微的失误、漫长的梦
我在各种时差里
所有的人都活着，死
变成某种气质，需要接受治疗
有时，一阵真实的
风吹进来，一小撮花粉

全境戒严

因为失眠，老鼠成了思想家

这里没有夜晚

唯一的奖赏：一张过期多年的车票

或者模拟飞行

稍稍从地面腾空

平　衡

傍晚，公园无人
跷跷板独自，上升，下降

两只淋了雨的乌鸦
曾站在那里。几颗星，出现在小镇上空

一条河，因溺水者而慢了下来
有人在叫喊，哭泣
有人陷入遗忘，像飞机舷窗上的一张脸

水银柱自某人腋下
慢慢滑落。有一架天平上也许放着
一朵夜色中枯萎的花

卷角书

某日，我发现
世界
卷起了一角

像衣领和
书，像烧毁的信

文字也变成灰烬
铅色
飘向永恒

或许写信的人
曾在窗卜，背对着我们

煤炉冒着热气
什么人
还没有回到屋中

外面河水的声音

响了一夜，仿佛一个女人

在洗床单

有多少屈辱和污秽

河水清澈

在夜色中如墨

灵 魂

灵魂爬行。有人告诉我
比成烟雾是历史错误，有些理论认为
它会飞，像枝头鸟，尤其是
黑色的那种，一些文献中有过记载
可能，如同走失的狗，不是认不出你
只是遗传健忘症。它们也会突然亢奋
在月圆夜。而某些时代无精打采
只是跟随人的影子，垂着头

礼 物

去年，我种丝瓜
长出了几只葫芦

之间很长的日子
平淡。没有任何征兆

我没有看过大海和帆船
我错过了什么

闪 电

掀开
又合上，里面一个
明亮的舞台
黑黝黝的山头
河水仿佛从后座流来的
童子尿。终其一生
你不会见到
报幕员，世界还在
乱作一团的后台
做准备

留 影

咧着嘴，做作的 V 字
你很年轻
背后冷漠的海洋也一样年轻
你们都来自异域

快艇、愉悦
海鸟飞离，码头躺在血和腥味的
晚霞中。我不记得
还有什么，关于纪念品：一根鱼骨

炎热的南方
所有的都只是错觉，只有一座桥
在时间之上微微颤动

作为存在的胜利，你又一次
站到了镜头前
在古堡骄傲的窗口，它们不相信来生

而人群木然
像历史上一张张曝光不足的面孔
走向一个未知之地

在镜头之外，一条狗掉入深渊
棕榈立刻烧毁了自己
街道、光沉入永恒的黑暗中

唯有寂静的教堂
慢慢浮动于尘世，像一座异国潜艇

海鸥嘶叫在镜头之外

在寺院

庙宇，古老的阴影下
坐着一个默不作声的僧侣

祈祷声隐约如远雷
小小的罪过，如雨水在山谷中聚集

一排麻雀站立在屋檐上
像一个个等待超度的灵魂

而阳光射进大殿
尘埃瞬间凝成的巨大柱梁

傍晚，我终于看到了银杏那浓密的树冠
在一朵欲雨的云下

遗 址

因为石柱已沉入海底
大殿的栋梁就只能生长在古老的森林里
同样，装饰花纹
还在缠绕枝头的藤蔓间

残存的石阶
证明了几何学比之精神
有更多的耐性
一只流浪狗独自坐着，如同
来自智利的考古学家

是废墟？也可以
是未完成的城堡。我也可能
只是提前到来

所有私人的造访
被挡在石砌坡道之外

我不代表世界

但我知道，它的存在已被什么人允许

一代代的小吏

渔夫、投机商……

曾从四面八方赶来，在山脚下

建造集镇、城市

在海洋和沉默的宫殿间穿梭

现在，夜晚来临

街道已拥有了新的名字，门廊下的异国妇人

仍保留着

古老壁画中美丽的侧影，伴随着

无数次地震和雷电

无数次死于战争、宫廷谋杀以及

神秘的诅咒

详尽的资料，带我们

穿过黑暗的世纪和摇曳烛光

但没有提及

园林中失传的神秘的嬉戏……

这里的居民冷漠

但海洋无私，每天都从海底

掏出贝壳、死鱼，还有无穷无尽的

泡沫

拆 字

他专注于一个字
突然它变得庞大，每一笔都
像沉重的山脉

请随便写，比如写：梦
还是写：水
身后山墙的阴影
缓缓移动，雾气从一旁的水井里升起

有时，灾难的一横
恰巧压在好心情的上面
艳遇
穿过了孤独的折钩。这很正常

你不能将它抽掉
因为，每一笔都如同你的筋脉

也许，你曾将"他"写成"我"

没关系

将"羞愧"写作"命运"

也没关系

但，这是什么？一个没有的字吗

空无

葡萄藤从头顶的架子上垂下

我们听到

拍翅的回声在门外的深渊里

邻 居

或许，我们曾是山谷中
风暴里的邻居，被卷起，抛落

逃过了
地震、大火，以及
严酷宵禁令

河流让两岸上的人
遗憾地退去。船摇晃着，使我们
在同一条河里

一个个波浪的时代
飞快掠过又到来。

问候声，像根须
小心地在地下延伸

当然，甜蜜有时会到来
细雨湿润了石阶
牛蒡草、藤蔓，进入了荒芜的庭院

树木停在离我们不远的地方
它千年如一日

每到夜晚，旧阁楼上
壁虎还像哲人一样研究月光
身后蜘蛛网颤动

房子变得卑谦（尤其是平房）
通向外面的门打开，亮着灯
宛如某种平和的思想

隐 秘

我们住进一座老建筑

改建的旅馆，并不知道它的过去

穿堂风仍旧按时

从房子深处吹来，仿佛一些不死的灵魂

瘫躺在过道上的狗，没有吠叫

或许，它已辨认出我们其中的一个

一扇木门后面并未掩藏什么

"那么是谁移走了

我们发现真相和历史的权利"

一阵嬉笑后，我们看到

暗中还坐着一个男人

他脸上的平静

像这傍晚时突然中止的思考

我想到，这张脸的后面可能

曾有过另一张沮丧的脸。当他转过来

看着有人举着灯，手里拿着

刀、绳索和毒药进来

然后，雾霭和一阵淡淡的迷香涌入
请不必悲伤，阳光依然会照进小木窗
不久以后，鸡冠花仍将在身后
荒芜的地方盛放，因为
那里本来就是草木的世界

回忆：1972 年

1972 年

12 月或者更晚，冬雪

马戏团的帐篷里

没有动物，只有人群：我的几个邻居

其他人，女人的尖叫

靠墙站着的老光棍，仅在嘴角

有剩余的尊严。胶鞋、破油纸伞、瓜子壳

我很冷，手仍在口袋里

捏着玻璃球

有人报幕，用听不清楚的外地话

幕布（很多破洞），拉开

桌子上，一个做曲体功的女孩

她穿得很少

脚和脸都朝着观众。她没看我

也没看任何人

突然，她的脸被一束不知从何而来的光照亮

仿佛在另外的高度

看到了某种圣洁的殿堂

在那束光中，她伴随着音乐慢慢升腾而起

连同身下的桌子（一个摇晃的祭坛）

而台下是暗黑的现实，泥泞的世界

直到灯光熄灭。我们走到户外

南方的雪花从半空中飘落

落到地面时却已变成了冰冷的雨滴

在展厅

两个中年男人，在一张古代地图前
寻找自己身处的位置

青铜鸟，已经腐烂
更像贾科梅蒂

铜镜似乎永远只展示
背面的花纹，因为对着它的脸已经消逝

几个教授模样的人
正在小声争论，一束射灯的光
照在他们头上

事实上，很多知识分子
用大量时间来钻研历史

但雷电、火

咳嗽和冻住的毛笔
都是难以忍受的

或许，他们只是喜欢部分
如花园、酒、绸缎和尽可能多的
侍女，安静、无声

像这一尊石像
她低垂着头，面容被内心专注的
微笑锁住

发髻、鼻、微妙的嘴角
都非常生动，不像雕刻

更像是有一只手
拂去了原先深埋在她脸上的尘灰

而灰尘漂浮
在通向外面街道的走廊上

那里戴鸭舌帽的
新一代摄影师，试图捕捉
这座城市的生活气息

旁边，一条古老的河流里
生成出阵阵薄雾

谬 误

蛇的谬误在于没有水它却在游动

蝙蝠的困境是总会面对
两个可供选择的世界，因此它倒挂像一笔欠账

这期间，一只苹果落地

为什么短暂的人类
有如此多含混不清的历史，像黎明时分的困倦
重重地压在眼睑上

而上天昏聩，总是忘了从箱柜里摸出的是什么
一会儿是瘟疫和杀戮
一会儿是鲜花和海浪

候车室

凌晨时分，候车室
深邃的大厅像一种睡意

在我身边，很多人
突然起身离开，仿佛一群隐匿的
听到密令的圣徒

有人打电话，有人系鞋带
有人说再见（也许不再）

那些不允许带走的
物件和狗
被小四轮车无声推走

生活就是一个幻觉
一位年长的诗人告诉我
（他刚刚在瞌睡中醒来）

就如同你在雨水冰冷的站台上
手里拎着越来越重的
总感觉是别人的一个包裹

蚕 丝

它令我想到
某个早晨旧上海弄堂
窗口外的阵阵白雾

或者是，大革命前
江浙一带，被缠绕着的
晦暗不明的灵魂

幸福总是在傍晚到来

幸福总是在
傍晚到来，而阴影靠得太近

我记起一座小城
五月的气息突然充斥在人行道和
藤蔓低垂的拱门

在我的身体中
酿造一种致幻的蜜

脸从陌生街道的
深处一一浮出，一如询问：你为何
站在这里？我不记得

我只知道
那无数丢失的白天，窗口突然关闭
名字在末尾淡去

如同烟雾

我走在街上，一滴雨水
落在额上，这又喻示着什么
觉醒可能要等到夜晚

也许，不会太晚
一座寺院
终于在默祷中拥有了寂静

在它的外面
几只羊正在吃草，缓慢地
如同黑暗吃掉光线

人们面对镜头时的表情

我的一个朋友
能从合影中挑出那些死于车祸
或者离奇失踪的人
他们素昧平生

他在近处，仔细打量
从而——指认
仿佛一位目击证人

那些离去者
身后树木摇晃，不远处小鸟在飞翔

也许特别的气息
不存在于图像本身。如果机位得当
我会也有机会看到
那些为未来准备的遗照

浮 现

[一]

每颗褐色的石头都来自史前
海洋当然也不年轻

雾气无色
更为古老，无色有时即白色

我有一小块
灰色天空，变蓝时归他人

在春天，百年槐树
依然会白花盛开，依然
不为悼亡

马蜂、飞蝶浮动着
像一些碎片，像精斑

而季节的轮换，美妙
却不由争辩，将我们置身在
昏眩的蔚蓝中

［二］

傍晚，废弃的后院
慢慢从城市深处浮出

梦游者——睡眠的占卜师
又离开了他的小屋

大片的白鹭，突然飞离树林
如同海洋中飞溅的泡沫

有人在小声说话

那些我们不能谈论的事物，像灯蛾
不断拍打着窗子

[三]

我在长途车中睡着了
额外的睡眠有时像艳遇

我梦到，一幅古老油画上的女人
她美丽的五官
像鸟一样从脸上飞走

消失在树林和
远处战火通明的城市

是什么时候？在这个世上

是否有它们的后裔

栖息在面纱、眼镜
和飘动着的窗帘后面

陌生的古城、深沉的叹息
光裸睡在黑暗中

烧焦的气味如暧昧不明的
事物，自童年升起

而偶然的幸福，需要经历
多少年代沉默的浮力
在静谧池塘涟漪散开的中心

野鸭与白鹭

野鸭和白鹭

停在离岸不远的湖中

头朝向浅岸，石头还有芦苇

一棵乌桕微微晃动，几个小时

野鸭在睡，穿着那件

老旧的蓑衣，白鹭注视着它

或轻灵地收起一只脚，佯装俯瞰

水草摇曳。天空湛蓝

像在某种远古的时间里

白鹭和野鸭，它们之间的静谧

隔着白光和灰暗的倒影

隔着不同的时代

突然野鸭飞走了，傲慢的嘴

肥硕的尾，从湖面上升起

只留下白鹭，独自站在一片涟漪里

湖面之上是正午酷热的寂静

大英博物馆的中国佛像

没有人
会在博物馆下跪
失去了供品、香案
它像个楼梯间里站着的
神秘侍者，对每个人
微笑。或者是一个
遗失护照的外国游客
不知自己为何来到
此处。语言不通，憨实
高大、微胖，平时很少出门
女性但不绝对
她本该正在使馆安静的办公室
签字。年龄不详，名字常见
容易混淆
籍贯：一个消失的村庄
旁边有河。火把、绳索
还有滚木，让它

在地上像神灵那样平移

先是马，有很多

然后轮船、火车和其他

旅行社、导游

记不清了。中介人是本地的

曾是匍匐在它脚下

众生中的一个。他的脸

很虔诚，有点像

那个打量着自己的学者

也酷似另一展区的

肖像画。不，不是那幅古埃及的

然后是沉默

是晚上，休息

旅客散去，灯光熄灭

泰晤士河闪着微光

看来它早已脱离了大雾的魔咒

水鸟低鸣，一艘游船

莲叶般缓缓移动

仿佛在过去，仿佛

在来世

大 地

古云杉能成活上万年
蚂蚁懂得如何
避开胡椒，在古代
你不会看到番茄，但这些看起来
就是现在它们共处的大地
也曾是恐龙和桫椤的大地
在它之上，巨型鸟已经绝迹
只有无数条闪着光的航线
在穿行。无人机如飞蛾
追随着一列神秘的列车遁入
峡谷的黑夜。一个孕妇
起身喝水如满月，江河将被驯服
不远处的监狱里，惯犯
已在上铺熟睡，鼾声听上去
有如《命运》的前奏

高速公路

高速公路
像一种幻象，在粗陋的地面
隔离了两边破败的
村镇、人群

犹如一根黑亮的绸带

有一天，我们的灵魂
是否也可以这样离开，沿着这条
深不见底的河流
永无尽头

注 视

很多昆虫

只生活在暗影里，薄荷

只要小剂量的光

在古老的院子里，现在和

记忆并不轮值。空气中

青草的气息，其实是

收割的气息。有一扇窗子

会打开，镂空雕喜欢的阴影

会使石狮子复活：毛发疯长

利爪蜷缩，它的安静只是

一种屏息。犹如谈判中的对峙

中间会有人离开，去洗手间打电话

旁边，眼窝深陷的女人

目空一切（只喜欢吊坠）

夜晚很快来临，夜里全是黑的，没有倒影

只有楼梯道里昏暗的

交易在进行。美术馆里

有一盏射灯，仿佛永远照着一张画

（它被盯死了）。老鼠在下水道

进进出出，仿佛在看天有没有亮

晨曦首先出现在树冠上

里面藏着几只寻常的鸟。而中午

诗人会坐在树荫下

注视着明亮的广场，因为

在强光下你会看不清轮廓

第

二

辑

驿 站

一行人

住宿在荒僻的驿站

在靠近更古老

战场的地方，已经很晚了

驿丞醉卧在以前的马棚

窗子被木板封住

风在外面，仿佛巡逻兵

检查每个空穴

有人在烛光下，发现自己拿着

一张百年前的地图

没有名字的城池，早已

消失的村庄

以及一条很宽的

通向山中的路，此时这条路

就在房子外面

如一条白练，缠绕着马厩里

那些挪腾不停的马蹄

儿 童

儿童不相信
蚂蚱、青蛙和蛇有生命
因为他们通神

神只相信灵魂

在村口，一群儿童
坐在土墙边，睁大眼睛，他们看到

老族长走来，其实他正走在
一根纤细的
棉纱般的线上

身后的池塘中
一条乌鱼浮出草丛

县 令

没有官道
因此逃亡的路像厄运的
掌纹一样散开，连接着村落
在那里
雇工卷着席被，富农只戴着一顶帽子
私奔的女人混迹在
迁徙的人群里

道路太多了，悍匪们不知
伏击在何处
但县城空虚，小巷里
时有莫名的叹息，布谷鸟
千年不变地藏于宽叶后面
无事发生
静如花园的凉亭，案几上
旧词夹杂在新赋中

最后一个书吏
裹挟着重要，可能并不重要的文书
逃离。也许只是一束光
或者几只飞雁
带着并不确切的可怕消息
但无事发生
火星安静，闲神在它永恒的沉睡中

县令死去，吊在郊外
破败寺庙的一根梁上，在他旁边
蜘蛛不知去向
县内，像一张灰暗下来的蛛网
一滴露珠悬挂其上
如圆月。而记忆
则隐伏于我们长久的遗忘中

流星事件

没有秘密的人
会受到最严厉的审讯

靠近他，排列着
所知甚少的白痴、失忆者、丧偶的人

几棵不育的石榴夹杂其中
老人、白头翁、杨树瑟瑟发抖的鞭子

我靠后。我有一些小罪，包括一些
寺院外听到的东西

三个鸡奸犯，站在我后面
他们是审判官的妹夫和堂亲

聪明的群山沉默着
流星，又一次落到了邻村

青 蛙

很难有人
能在剪断的藤蔓里
找到线索

或者在白天
辨认女巫的院子
是否亮着灯笼

探子,骑马来了
他马上会想起一件事

是重要的,也许是
无关紧要的。但那件事

在记忆里就像整夜沿着井壁
爬上又滑落下去的青蛙

故而，所有的人都等着

青蛙爬上井台

绣 楼

朱安澜一直在村上
但失踪了

李氏看到过他
那时她喂猪。牛大未及说话
姨夫死了

李老头耳聋

还有其他人。但白天
事情太多。有人要剪掉丝瓜藤
要清理瘪稻种
要对付坏天气

半个时辰前，他像一道云翳
在学堂门口掠过

这时从另一边跑来
气喘吁吁的东头大傻

他说见到了朱安涛
（即朱安澜的弟弟）

这时，天快要暗下来了
暮色中，雀斑脸和鹰钩鼻
商量着想飞上
村上唯一的高处：绣楼

但小姐正在那里读书
她偶尔从窗口看
风景

看到了朱安澜

正缓慢地走向祠堂后面

一条巷陌的雾霭中

然后，像历史中的人物那样

消失

鳗

如同璞玉

在草丛和水中，她远远地

刺眼的白光，没有

在浸泡中消损，围观的人数不多

很快，我吩咐属下用芦席

挡住那些欲望的视线

她存在的不安在接下来的几天中

超过了盗匪的消息和银库空缺

夜晚，在油灯下

我细辨她大腿上青色的筋络

弹压丰润的双乳

她面容安静，五官平凡

她的身体平时一定是包裹在粗布衣衫里

无人窥见，像这城里街市上

走过的其他女人，尘埃满面

却揣着一盏从内里照亮的灯笼

活在灰暗的房子里。我嘱咐

亲信看守，他们都是诚实的
想被提携的人。此时
街上的脚力和凡夫们正在
小心议论，青楼的娼妓肆意编造
她们平时裸露的脊背，早已晒成焦黑
书房中，我给州府老师写信
尽管年事稍大。但他有不俗的嗜好
夜已深，月依然
消息在夜里传得更远，更多人会
蜂拥而至，商贾、诗人
方士们，还有拿着木鱼的和尚
他们如嗜血之蝇。我交代捕头在府外
视察，并翻阅陈年的布告
希望用她浑圆的身体作钓饵
我关上门，不听信书吏们的诡言
她既非祭品，也非祸患。
关于死亡，我自有判断

乌鸦在乱飞，仵作在门外打转
我决定任其腐朽，我要看着
窗口狼眼似的眼光渐渐暗淡
任奸情的状纸堆积成山
而人世的美竟然是如此深奥莫测

先　生

踩到霜

河水已经结冰，鱼游动在

镜子里，水草仿佛

在记忆中摇曳。他不再阅读

三月他将去游泳

六月去净行寺参禅，十月种花

绣球和棘条。平日

在房子里像陶渊明，弹一张破琴

天太冷，黄雀

呆立枝头，它们失去了音韵

不能凑成一阕小令。只有泥炉里的热茶

如同呼吸，炭火

代替岁月

此刻，曾经的绵绵细雨

变成一排排冰凌

对着大地深处发出恐吓

也许黑狗已经闻到

傍晚空气中的怜悯，或者
是凌晨，灰暗好似永无尽头
那时，有人来敲门，明天会有雪
而采摘梅花的女子
将从枝头跌落

一行字

大部分人的历史只配
用粗纸记录，书写只会秘密进行
他们让别人查看身份文书时
只能仰起迷惘的脸，备忘录
变成某种鸟的图案，死者找不到
自己的墓碑，但能
看清星象。贴出布告时
有几个人可以大声朗读，还包括
一位意外新故者，此人，
在封闭已久的阁楼里
看到香案的灰尘上写着一行字
没人知道写的是什么
因为他一伸手，将它们抹去了

墓 地

从村上看
墓地，安静灰暗
像前朝

只有刺莓艳丽
仿佛死去的嫔妃

旋风裹着黄叶
一段崩塌的
岁月，在楝树下

有越来越
深沉的恐惧，史官
虚弱，半躺着

一只乌鸦
停在枝头，它不知道

即使终其一生
棺木也不会打开，

命运
不会被揭示

而夜里
白色蔷薇依然开放
被一束冷淡的光
永远照亮

房 子

[一]

房子不能建立在
蛇蝎之地。狗不能与人食

要警惕门楣
不要轻易踏入倒屋，尽管
倾塌自有其命运

[二]

在三角形的院落
有时你能看到令人窒息的身影

但如果桃花
不在其位开放，灾难就会如同
一颗流星

［三］

在西墙上撒尿
不能在灶膛边做爱

倘若乞丐
在土地庙里动土，秀才就会
失足于沟渠

［四］

井水不能清洗屋面
房子与房子间隔着一道永恒的深渊

在夜里，它们高大冷酷
仿佛穿着黑袍的圣徒，肃默排列着
等待召唤

女 巫

在桥上
村上的一个女巫
告诉我

你什么也
看不清，因为你们的眼里
有世世代代的迷雾

图书在版编目（ＣＩＰ）数据

遗址：叶辉诗集 / 叶辉著 . -- 武汉：长江文艺出版社，2019.12
ISBN 978-7-5702-1457-0

Ⅰ . ①遗… Ⅱ . ①叶… Ⅲ . ①诗集－中国－当代
Ⅳ . ① I227

中国版本图书馆 CIP 数据核字（2019）第 295665 号

策划机构：雅众文化　策划人：方雨辰
特约编辑：简雅　责任编辑：胡璇　谈骁　王成晨
责任校对：毛娟　责任印制：邱莉　王光兴
装帧设计：简枫

出版：长江出版传媒　长江文艺出版社
地址：武汉市雄楚大街 268 号　邮编：430070
发行：长江文艺出版社
http://www.cjlap.com
印刷：山东临沂新华印刷物流集团有限责任公司

开本：880 毫米 ×1230 毫米　1/32
印张：3.125　插页：4 页
版次：2019 年 12 月第 1 版　2019 年 12 月第 1 次印刷

定价：48.00 元